Couverture inférieure manquante

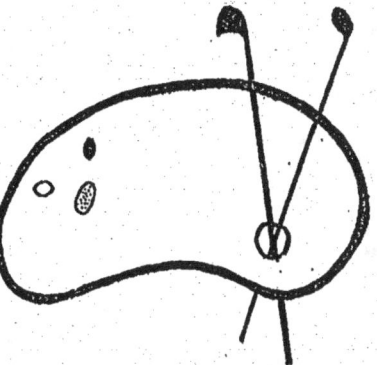

DEBUT D'UNE SERIE DE DOCUMENTS
EN COULEUR

UNE VISITE

AU CAYLA

PAR MADAME ***.

Prix : 1 franc
au profit de l'église d'Andillac.

ALBI,
IMPRIMERIE DE MAURICE PAPAILHIAU.
—
1866.

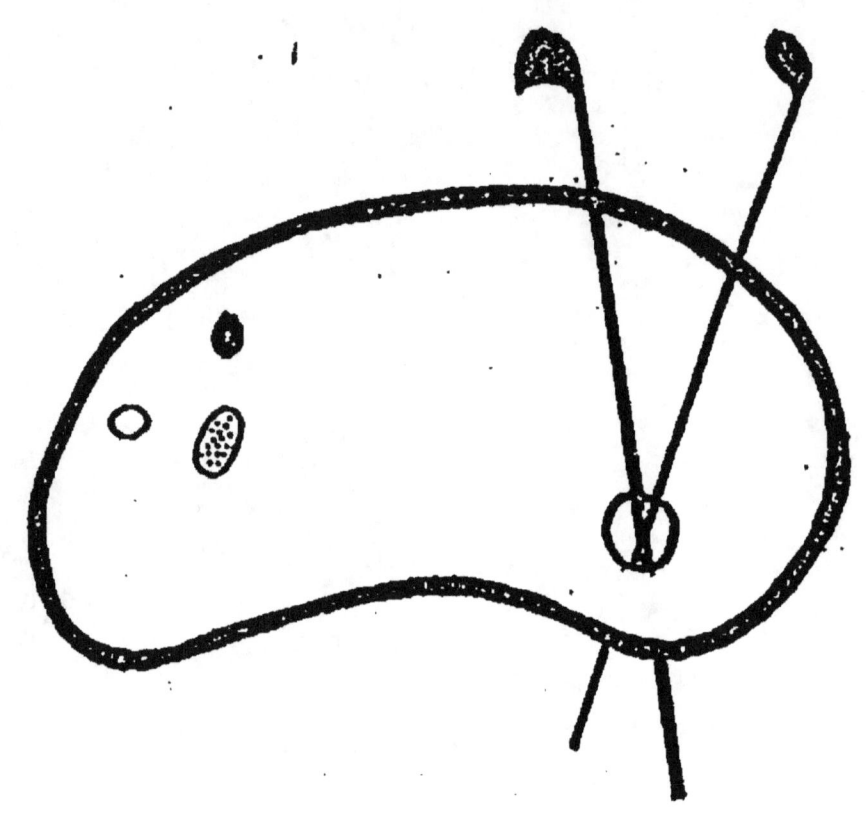

FIN D'UNE SERIE DE DOCUMENTS
EN COULEUR

UNE VISITE

AU CAYLA

PAR MADAME ***.

ALBI,

IMPRIMERIE DE MAURICE PAPAILHIAU.

1866.

Vous êtes instamment prié d'accepter
l'opuscule joint à cet appel, et d'en en-
voyer le prix, comme offrande, en tim-
bres-poste ou en un mandat sur la poste,
aux adresses suivantes :

A M. le Curé d'Andillac, par Gaillac (Tarn);

A Paris, chez M. RAYNAUD, ancien
Recteur, passage Sandrié, 2.

(Renvoyer affranchi en cas de refus.)

Pour l'église d'Andillac.

Murs élargissez-vous! montez voûte bénie,
Aux clartés du matin, resplendissez vitraux,
Brûlez, flambeaux sacrés, croisez-vous, saints arceaux,
    Où priait Eugénie!
Ici, sur cette pierre, ont posé ses genoux.
O vous qui m'entendez, dites-moi, l'aimez-vous?
Donnez si vous l'aimez. Que l'obole chrétienne,
Des hymnes que sa voix chanta dans le cœur,
Des parfums épanchés de son âme, urne pleine
Des célestes désirs éclos à son haleine,
    Fasse un temple au Seigneur!

MARIE JENNA.

APPEL

AUX LECTEURS D'EUGÉNIE DE GUÉRIN.

———◆———

A LA MÉMOIRE D'EUGÉNIE.

———◆———

C'est au nom de cette mémoire vénérée que je me présente à vous, lecteurs amis d'Eugénie de Guérin. Pourrait-il ne pas m'obtenir un accueil favorable?

Qui ne connaît Eugénie? que manque-t-il au brillant diadème de gloire qui ceint son noble et angélique front? D'un bout de la France à l'autre, le monde littéraire et les âmes pieuses ont, d'un accord unanime et spontané, accueilli avec des transports d'une sympathique admiration la publication de ses écrits si embaumés du parfum de la piété chrétienne; l'Académie française lui a décerné la couronne si bien méritée du prix Monthyon, et vous-mêmes lui avez élevé dans vos cœurs un trône de reconnaissance et d'amour. A tous ces immortels et incomparables triomphes qu'ajouter?

Une église élevée à Andillac par les offrandes des amis d'Eugénie. Elle sera la gloire de son tombeau et son auréole de prédilection, ainsi qu'un nouveau lustre pour son antique et illustre famille.

Donc, au nom et en l'honneur d'Eugénie, à qui *mission de quêteuse a été donnée,* je viens solliciter de l'estime et de l'amour que vous lui avez voués *une aumône pour ma paroisse, mon église en dénûment.*

Un seul de ses lecteurs pourrait-il dédaigner la prière d'Eugénie, et refuser une pierre à son religieux mausolée?

Si, poussés par un sentiment de pieuse curiosité vous visitiez les lieux qui ont vu naître Eugénie et son frère Maurice, vous seriez péniblement affectés de l'état de délabrement de notre pauvre église. Telle est en effet l'impression triste et douloureuse qu'en éprouvent les nombreux pèlerins qui viennent s'agenouiller sur le tombeau de notre sainte: « Nous arrivons, » a écrit un d'entr'eux dans le remarquable récit » de son pèlerinage, devant un édifice plus que » modeste, tellement détérioré par les ans que » le clocher, ébranlé dans son assise, menacé

» de s'écrouler. C'est l'église d'Andillac. On
» descend par quelques marches dans l'inté-
» rieur. La pauvreté, le dénûment le plus
» évangélique se font remarquer dans ce temple.
» Le lieu est pauvre, simple et auguste comme
» Bethléem. »

C'est ce même sentiment pénible qui a porté
l'auteur de la brochure : *Une visite au Cayla*, à
livrer au public ces pages si sympathiques et
réservées à l'intimité. Qu'elle daigne recevoir ici
l'expression de notre reconnaissance pour son
dévouement et son zèle. Puisse sa suppliante
voix être favorablement entendue!

Les encouragements les plus sympathiques et
les plus éminents sont venus soutenir mes efforts
et recommander l'œuvre. Son Em. le cardinal
Villecourt termine ainsi la lettre dont il a
daigné m'honorer : « O France, riche de
» tant de ressources, et compatissante pour
» tant de douleurs, c'est vers toi que je re-
» porte mes pensées et mes espérances pour
» l'église d'Andillac, berceau et tombeau de
» notre si intéressante Eugénie! »

O France, les espérances de Son Eminence
seront-elles trompées?

Mgr de Jerphanion, ravi trop tôt, hélas! à
l'amour de son clergé et de son diocèse, a béni

mon entreprise et fait des vœux pour le succès de mes efforts, par la lettre suivante :

« Monsieur le curé,

» Depuis la publication du *Journal et des Lettres d'Eugénie de Guérin*, ouvrage dans » lequel les charmes du style épistolaire se » joignent aux sentiments les plus touchants » et les plus chrétiens, un intérêt particulier » s'est attaché au lieu où a vécu cette pieuse » demoiselle et au tombeau où reposent ses » cendres à côté de celles de son frère Maurice.

» Une telle disposition des esprits vous a » suggéré la pensée de recueillir parmi les » nombreux lecteurs des œuvres de Mademoiselle » de Guérin des aumônes destinées à procurer » l'agrandissement et la décoration de l'église » d'Andillac, qu'elle affectionnait tant et dans » laquelle on la voyait remplir avec une ré- » gularité si édifiante les devoirs du catholi- » cisme.

» Je ne puis qu'approuver votre projet. Je le » bénis et je forme des vœux pour que le succès » couronne vos louables efforts. »

» Je vous enverrai mon offrande. Si elle ne » s'élève pas aussi haut que je le désirerais,

» c'est qu'un évêque a *la sollicitude de toutes*
» *les églises* de son diocèse.

».Agréez, Monsieur le curé, l'assurance de
» mon sincère attachement en N. S. J.-C.

» † J.-J.-M. Eugène, *Archevêque d'Albi.* »

Mgr Lyonnet, son digne et savant successeur,
a daigné accorder sa haute protection à l'œuvre
et s'associer aux vœux de son vénéré prédécesseur. Voici sa lettre si pleine de bienveil-
lance, accompagnée d'une généreuse souscrip-
tion :

« Alby, 10 février 1866.

» Monsieur le curé,

» C'est de grand cœur que je m'associe aux
» belles et bonnes paroles que vous adressa,
» peu de temps avant sa mort, mon vénéré
» prédécesseur.

» Y a-t-il à la fois rien de plus flatteur et
» de plus encourageant pour vous? On ne peut
» s'empêcher, en les lisant, de goûter et de
» savourer le parfum qu'elles contiennent. Il
» s'exhale par chacune des syllabes dont sa
» courte lettre se compose.

» A elles seules, je n'en doute pas, elles
» feront, avec les noms d'Eugénie et de Maurice

» qui vibrent si délicieusement aux oreilles de
» tous les lecteurs, palpiter bien des cœurs et
» dilater bien des bourses. On sera heureux,
» transporté par le chant du cygne, de s'as-
» socier à de si nobles et si religieuses sym-
» pathies. Aucune d'elles qui, sur cette im-
» pulsion, ne vous amène quelque billet de
» banque ou du moins quelques pièces d'or
» pour la continuation de votre œuvre.

    » Cédant moi-même à l'élan qui m'est donné,
» je souscris volontiers pour une somme de
» cinq cents francs en faveur de votre cons-
» truction projetée.

    » Veuillez recevoir en même temps, avec
» tous les vœux que je forme pour le succès
» de votre sainte entreprise, l'assurance de mes
» plus distingués et dévoués sentiments en
» N. S. J.-C.

        » † J.-P., *Archevêque d'Alby.* »

    Le saint sacrifice de la messe sera offert quatre
fois l'an pour tous les bienfaiteurs et leur nom
inscrit dans les archives de la fabrique.

        Le Curé d'Andillac (Tarn),
          MASSOL.

Le récit d'une simple visite au Cayla n'était
pas destiné à l'impression. Déjà plusieurs voya-
geurs, pèlerins des souvenirs, ont passé par les
chemins d'Andillac pour saluer la tombe d'Eugénie, et plus loin le manoir où s'est écoulée
sa pieuse et poétique existence. La réédification
de l'église sa paroisse, pour laquelle elle fut la
première quêteuse, a été forcément abandonnée jusqu'ici. — Le désir de venir en aide à une
reconstruction plus urgente encore aujourd'hui

m'engage à joindre à l'appel de M. le curé
d'Andillac la publication de ces pages, dont le
prix ne saurait être refusé au souvenir d'Eugénie,
et plus encore au nom du sentiment chrétien
qui renouvelle aujourd'hui par l'obole de la
charité les prodiges des siècles de foi, où chacun
contribuait, par son travail ou son aumône,
à la construction de la maison de Dieu.

25 août 1865.

UNE VISITE

AU CAYLA.

—————

C'est au retour d'un séjour dans le Midi, brus-
quement abrégé, que nous choisîmes, les lecteurs
amis d'Eugénie le comprendront, le chemin de
fer qui, en quittant Toulouse, se dirige sur Gaillac.
A la station de Tessonnières, un de ses embran-
chements va toucher Alby, et la ligne droite gagne
au delà la station de Cahuzac, voisine de l'habitation de la famille de Guérin.

Nous avions couché à Alby pour visiter sa vieille
et monumentale cathédrale, dont le chœur, entouré
d'une haute dentelle de pierre, forme une église
à jour, au milieu d'une nef unique, et sous une
voûte majestueuse, où de riches peintures, retra-

çant des scènes du ciel et de l'enfer, se perdent dans l'élévation et l'obscurité.

Partis à six heures du matin d'Alby, nous reprenions une heure après à Tessonnières la direction de Cahuzac, où nous étions à neuf heures. Nous voici sans aucune autre ressource que celle de nos jambes pour nous transporter à ce bourg isolé qui ne nous est connu que par les récits d'Eugénie; mais le désir de visiter les lieux habités par elle aplanit de légers embarras; et, accompagnés d'un homme chargé du surplus de nos vêtements, nous nous dirigeons vers le clocher de ce gros bourg, si souvent le but des excursions des habitants du Cayla.

Le sol est accidenté : on descend d'abord assez rapidement pour remonter plus rapide encore la hauteur sur laquelle s'éparpillent, sur une place ouverte, deux ou trois auberges-cafés. Sous ce rapport, le pays est en progrès, et, à en juger par le bavardage gaillacquois, il s'est développé aussi sous celui des idées socialistes et irréligieuses, qui, en se voyant nouvelles, se donnent le droit de l'importance, et font de leurs adeptes autant de docteurs qui en remontrent à leur curé.

Nous prenons possession d'une chambre, où

nous déposons notre léger bagage d'un jour; puis uu autre important, conducteur d'une petite voiture décorée du nom de *breack*, nous enlève de Cahuzac, avec la promesse de notre hôte de trouver au retour un dîner auquel il ne manquerait rien.

En sortant du bourg, nous descendons une côte rapide, et suivons dans le fond de la vallée le ruisseau d'Andillac qui remonte au delà du Cayla. La vue est bornée, à droite et à gauche, par les versants des hauteurs; l'aspect est un peu sauvage : des terrains pierreux jettent çà et là des teintes blanchâtres sur le sol, qu'un soleil ardent envahit sans ombrage. A un détour, nous apercevons, sur la hauteur, un clocher : c'est celui d'Andillac. Sous son ombre reposent Maurice et Eugénie. C'est là aussi qu'elle a tant prié, et espéré le salut de Maurice, sur lequel elle versait naguère tant de larmes.

Nous entrons à l'église, la plus pauvre que je connaisse. La demande d'Eugénie n'a pas encore donné à Dieu l'asile convenable qu'elle réclamait pour lui. Sa tombe, et la croix de bois qui la protége, attireront-elles l'offrande d'une pieuse charité; et sa prière, devenue une intercession, sera-t-elle plus efficace? Dieu enfin permettra-t-il qu'un jour ce nom soit béni par l'édification d'un temple nouveau, et montrera-t-il ainsi, une fois encore, qu'il est plus jaloux pour ses élus du souvenir d'un bienfait que celui d'une vaine gloire?

L'obélisque de marbre blanc qui domine le cimetière en est le seul monument. Le nom de Maurice s'y lit encore distinctement, puis au-dessous la date funèbre : *19 juillet 1839.* C'est là que sa pauvre sœur, abîmée dans la douleur, creusait ce mystère de la séparation que la mort allait bientôt lui révéler. C'est là aussi que, couchée aujourd'hui aux pieds de Maurice, elle se relèvera en face de lui au dernier jour, et ne le quittera plus. Une pauvre croix de bois, dont le médaillon cassé abrite une couronne blanche, et le nom de mademoiselle de Guérin avec la date de sa mort, *31 mai 1848,* est le seul souvenir apparent de sa tombe. Au delà, deux fortes croix de fer s'élèvent sur celles de MM. de Guérin, le père d'Eugénie, et son frère Erembert, morts à une année de distance, en 1850 et 1851.

A deux pas, on entre au presbytère, pauvre comme la maison de Dieu. Nous passons au jardin pour attendre le curé. C'est là aussi qu'Eugénie attendait; mais les lieux seuls n'ont pas changé...

Au nom d'Eugénie, M. le curé nous fit le meilleur accueil ; nous n'étions pas les premiers pèlerins, et avec l'encouragement qui nous était nécessaire pour pénétrer au Cayla, nous le quittâmes pour continuer notre pèlerinage.

La route est longue et difficile : c'est celle que suivait Eugénie chaque jour pour venir à la messe ; et c'est encore celle que suit Mimin en toute saison. La sainte fille arrive avant sept heures à Andillac, et une absence de deux jours fait seule croire à une indisposition. Elle est sans doute malade, m'avait dit le curé, car voici deux jours qu'elle n'est pas venue. Pieuse fidélité qui me fit honte !

Nous suivons dans la vallée le même ruisseau d'Andillac.

Les peupliers de la prairie en dessinent le parcours ; l'herbe seule parle du printemps, mais le soleil devance l'été. Voici le moulin ; les collines se resserrent : tout à coup, le Cayla nous apparaît sur une hauteur terrassée, isolé, jeté comme un nid au gré des vents, et inondé de soleil qui le réchauffe. Un tracé pierreux sur la pente rapide du castel en indique la montée. Nous passons devant la ferme sur une litière de paille. Les chiens, les

poules, les canards courent au vent. Une jeune
fille s'avance, et nous fait entrer au salon par la
terrasse herbue qui domine le vallon et abrite le
rucher. Des rideaux blancs, des fleurs, des fruits
de cire, des paysages sur les murs, tels sont les or-
nements du salon. Sur la table, où sont mêlés livres
et ouvrages, le journal d'Eugénie et de Maurice.
C'est là le charme de cet intérieur : le souvenir
d'Eugénie donne un mérite à cette simplicité, en
faisant mieux apprécier le prix de son imagination,
féconde à se créer un ciel sur cette pauvre terre.

Enfin la porte s'ouvre, et une femme de cin-
quante ans environ entre suivie d'une plus jeune.
C'est la veuve d'Erembert, et sa fille, Caroline,
mariée depuis trois mois à M. Mâzuc, d'une famille noble de Montpellier. — Au nom d'Eugénie,
la conversation s'engage et se poursuit facilement.
Nous parcourons le bois de Buis et la garenne
du nord, jusqu'au cep vigoureux dont les rameaux
vont atteindre deux chênes leur soutien. La nature est aride; mais dans quinze jours, quand le
printemps aura ouvert ses bourgeons, serrés sous
le froid et à l'aise sous le soleil, le Cayla retrou-
vera ses abris et son charme rêveur. Aujourd'hui,
il découvre trop ses terres crayeuses, ses ravins
sauvages et l'aridité de son sol.

Mais l'âme riche et naïve d'Eugénie, son imagination ingénieuse et son cœur dévoué, embellissaient tout. Elle trouvait au Cayla le sentiment du nid paternel et féodal, mêlé à celui d'une nature primitive et champêtre ; et elle jouissait de l'un et de l'autre, avec la candeur de la piété, le dévouement de la famille, et la naïveté de ses goûts et de ses impressions.

Après la visite *des dehors,* nous rentrons dans l'intérieur. Un escalier en spirale monte au palier supérieur et donne entrée dans la grande salle. C'est la pièce solennelle de l'habitation : une grande cheminée soutenue par des cariatides en pierre, un billard, et la vue sur la vallée. A côté, sur la gauche, la chambre de Maurice. Là fut son berceau et son lit de mort. Après, la chambrette d'Eugénie, conservée comme celle d'une sainte ; nous la connaissons par ses récits.

C'est de cette blanche et paisible cage que son âme s'envolant, comme le dit l'auteur de l'Imitation, *sur les ailes de la simplicité et de la pureté,* effleurait la nature en prenant son vol vers le ciel, et répandait dans les épanchements de son cœur si tendre le charme du ruisseau qui, en coulant, rafraîchit le sol, et dont le murmure calme et berce la pensée. Une étagère d'objets sans valeur lui rappelait sans doute de précieux souvenirs d'amitié; sa chambre est celle d'un enfant réunissant fleurs et images pour en faire une chapelle, et des riens sans prix pour en faire un trésor. Un livre, où chaque visiteur inscrit sa pensée et son nom, est un hommage rendu à cette douce et sainte mémoire; on y mettrait une prière; mais tout doit être intérieur ici, et Dieu sait quelle gloire est due à une vie si humble. L'encens du monde n'y doit pénétrer que pour s'y élever vers lui, et le louer de ce qu'il a révélé aux humbles et donné à ceux qui étaient pauvres!

Mimin était, en effet, retenue dans sa chambre; nous la trouvâmes fatiguée et souffrante. C'est une personne posée, simple, dont le visage rappelle les pommes vermeilles dont parle Eugénie. Ses traits sont accentués, dignes, et éclairés par des yeux vifs et bons qui parlent au cœur. Je lui serrai affectueusement la main, nous échangeâmes quelques mots; mais la crainte de la fatiguer davantage abrégea notre visite, et je la quittai avec le regret de ne pouvoir la prolonger : — c'est la seule Guérin qui survive de l'entourage d'Eugénie. La jeune fille a perdu son nom en se mariant; mais on

dit M. Mazuc dévoué à l'avenir du Cayla, dont
il veut relever les ruines et améliorer les terres.
C'est là l'espérance de celles qui restent, survi-
vantes solitaires d'une noble famille, qui en s'étei-
gnant jette sur son blason le doux reflet de la
poésie et de la protection d'une sainte.

Mais il faut partir, et, pour ma part, j'emporte,
avec un sentiment plus pieux encore pour la mémoire d'Eugénie, le souvenir de l'hospitalier et
affectueux accueil reçu au Cayla. C'est un lien
noué entre nous et celle qui n'est plus, par la
connaissance des lieux qu'elle habitait, et plus
encore par la sympathie des regrets consolés par
d'éternelles espérances.

Puisse aussi l'avenir heureux du jeune ménage
du Cayla y ramener les joies de la famille, et
rendre doux et facile le chemin qui lui reste à
parcourir !

En repassant près de la tombe abandonnée
d'Eugénie, je retraçais dans mon cœur cette vie si
profondément accablée par la mort de Maurice
et ensevelie dans sa douleur.

Puis, ce secret du génie voilé sous les larmes,
et caché dans un pays agreste et désert, ne doit-
il pas froisser une ambition et des rêves qui ne
s'élèvent pas au-dessus de la terre?

Mais en parlant d'Eugénie, il ne faut plus songer à de vaines espérances : son souvenir vient du ciel, il s'élève en l'y cherchant et en n'espérant désormais pour elle que la récompense infinie d'une gloire éternelle. — Ici-bas, le but constant de sa vie a été atteint; elle a su y attirer les siens et leur montrer le passage : qu'avait-elle de plus à y faire, et un peu de renommée eût-il fait taire les cris douloureux de son cœur? Qu'elle soit donc bénie plutôt que louée dans le souvenir d'un pays où elle a laissé l'exemple de la plus sainte vie, et que cet exemple aide ceux qui la comprennent à l'imiter, afin de mériter, comme elle, la réunion éternelle de la famille et des élus!

Nous revenons dîner à Cahuzac, où, en dépit de ses promesses, notre hôte nous servit le plus détestable repas, qu'il assaisonna de beaucoup de paroles; mais n'oublions pas qu'il était gascon, et ne nous étonnons plus.

Nous cherchâmes, avant de partir, la maison de la grand'mère d'Eugénie, pauvre masure délabrée, louée à un paysan. L'église est bien, nouvellement et très-convenablement restaurée.

Enfin, à six heures, nous partons pour reprendre le chemin de fer à la station de Cahuzac, et aller coucher à Villefranche-d'Aveyron, à deux heures au delà.

Au moment de partir, M. le curé d'Andillac vint nous renouveler ses remerciements pour l'intérêt que nous prenions à l'œuvre de la réédification de son église. Que Dieu la bénisse et soit glorifié dans ses saints sur cette pauvre terre!

Tel est le vœu qui terminera ces pages; la charité chrétienne à laquelle elles sont confiées en assurera le succès.

AU CAYLA.

Sur Eugénie de Guérin.

C'est là qu'elle s'ouvrait, belle fleur solitaire,
Entre un rayon du ciel et l'ombre du mystère,
Lorsque sur son côteau Dieu la cueillit pour nous.
Sentiers qu'elle embauma, vous en souvenez-vous?
O triste et doux passé! Souvenirs pleins de charmes!
Chrétien, donne à sa tombe et des chants et des larmes.
Ange, elle a tant prié! femme elle a tant souffert!
Parfums, brises des bois, murmures, doux concert,
Vous aviez pour monter l'aile de son génie.
Mais le monde ignorait le secret d'Eugénie.
Elle voilait sa lyre et filait son fuseau.
Bien souvent du laurier le glorieux rameau,
En éclairant le front jette une ombre sur l'âme;
Et Dieu, gardien jaloux de ce doux cœur de femme,
N'a couronné que son tombeau.

MARIA JENNA.

www.ingramcontent.com/pod-product-compliance
Lightning Source LLC
Chambersburg PA
CBHW061641180626
46818CB00005B/2441